ADÉLAÏDE PERRIN

ET

LES JEUNES FILLES INCURABLES

POESIE

PAR

Georges RICARD

LYON — GENÈVE — BALE

H. GEORG, LIBRAIRE-ÉDITEUR

1875

Y

ADÉLAÏDE PERRIN

LYON. — IMPR. ALF. LOUIS PERRIN ET MARINET. — 1-1875.

ADÉLAÏDE PERRIN

ET

LES JEUNES FILLES INCURABLES

POÉSIE

PAR

Georges RICARD

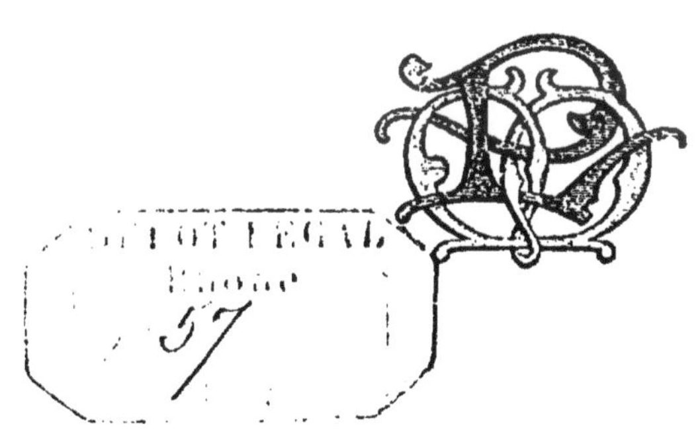

LYON — GENÈVE — BALE

H. GEORG, LIBRAIRE-ÉDITEUR

1875

[illegible]

PRÉFACE

L'AUTEUR dédie cette pièce à M. le Docteur Th. PERRIN, *frère de* Mlle Adélaïde PERRIN, *fondatrice de l'Hospice des Jeunes Filles Incurables.*

Il l'avait primitivement destinée à un concours dont la clôture a été prononcée récemment à l'Académie des Sciences, Belles-Lettres et Arts de Lyon. Divers incidents de sa vie privée l'avaient engagé à la retirer. N'ayant plus de motif qui le retienne, il se décide à donner au public ce premier échantillon de sa plume, espérant dans son approbation un encouragement à continuer pour mieux faire. Il croit pouvoir l'adresser à quiconque aime le bien, quel que soit le principe d'où il dérive. Si la religion chrétienne n'avait à présenter à l'admiration des cœurs sensibles que des œuvres semblables à celle dont nous nous occupons, sans doute elle aurait bientôt conquis le monde.

ADÉLAÏDE PERRIN

ET LES JEUNES FILLES INCURABLES

Lyon, belle cité, les nombreux monuments,
Dont tu t'enorgueillis avec tant de justice,
Les uns, couverts d'un voile obscurci par le temps,
Les autres, fiers encor d'un jeune frontispice,
Offrent au visiteur qui vient les admirer,
Un champ où son esprit se plaît à s'égarer.
C'est ainsi que Saint-Jean, ta métropole austère,
Saint-Nizier, monument d'un plus doux caractère,
Et cent autres, ornés des merveilles de l'art,
Ou que l'antiquité désigne à son regard,
De leur charme secret dépouillant le mystère,
Se dévoilent à lui sous leur différent jour.
Fourvières, cette Reine au milieu de sa cour,
Semble les protéger du haut de sa colline,
Et quand le voyageur, de la plaine voisine,
Découvre, aux derniers feux des rayons du soleil,
Sa Madone, qu'entoure un cercle de lumière,
Il ne sait s'il éprouve un effet du sommeil,
Et croit voir un fantôme errant dans la matière.

A côté des chefs-d'œuvre où l'art s'est dépassé,
Il est un monument peut-être plus utile,
Qu'on néglige pourtant : c'est le modeste asile,
Ouvert au misérable, au malheur délaissé.
Pourquoi, s'intéressant à la seule élégance,
N'a-t-on pour ce dernier que froide indifférence ?
Les temps civilisés qui l'ont édifié,
Les cœurs qui, sans regret, ont tout sacrifié,
Leurs biens, et quelquefois jusqu'à leur existence,
Pour construire, achever l'édifice pieux,
Ne méritent-ils pas notre reconnaissance ?
N'ont-ils pas fait autant ? sont-ils moins glorieux ?...
O cité, dans ton sein tu les comptes nombreux
Ces héros, dont la tâche accomplie en silence
Lentement a surgi, fixant l'attention :
Sur chaque monument qui pare ton enceinte,
L'un d'entre eux a gravé son souvenir, son nom,
Pour lequel tes enfants, pleins d'admiration,
Ont voué tour à tour une piété sainte,
Que l'œuvre aux yeux présente entretient chaque jour.
C'est ainsi que vers toi, sublime Adélaïde,
Dans leur reconnaissance, ils n'ont qu'un cri d'amour ;
Ton passage a marqué sur notre terre aride
Un sillon de bonheur : Qu'étais-tu ? qu'as-tu fait
Dans ton séjour mortel ? — L'humble douleur le sait,
Ton œuvre le raconte ; œuvre des plus fécondes,
Qui planta dans le sol ses racines profondes,
Et découvrit bientôt à nos regards frappés,
Des fruits qu'un lent progrès avait développés.

Voyez ce vaste asile ouvert à la souffrance,
Monument dépourvu de luxe et de beauté,
Et qui pourtant recèle, en sa simplicité,

De germes bienfaisants une utile abondance.
C'est là, sombre douleur, que tes membres brisés,
En proie au noir venin de ton mal incurable,
Par l'effet des doux soins qui leur sont dispensés,
Retrouvent un repos jusqu'alors introuvable!...
A toi cette retraite, ô malheureuse enfant,
Dont le sang vicié tourmente une existence,
Condamnée à pleurer, malgré son innocence,
Le malheur d'une mère ou l'erreur d'un parent!...
A toi, dont la douleur, un instant adoucie
Dans l'asile éphémère où tu fus accueillie,
Te défendait pourtant de courber aux travaux
Un corps prêt à plier à la moindre secousse!
Qu'allais-tu devenir, abandonnée aux flots,
Dans ce vaste Océan, qui dédaigne et repousse
Le vacillant débris qui n'est plus assez fort,
Pour affronter la vague et retrouver le port?
Errante quelque temps au gré de ses caprices,
Bientôt l'on t'aurait vue expirer à son bord...
A toi, sur qui le monde, au lieu de ses délices,
Prodiguait son mépris, son injure peut-être,
Pour un vice inhérent à ton corps affaibli!
Là, tu retrouveras du calme et du bien-être,
Des cœurs compatissants qui sauront te connaître,
Un sourire en ton sein longtemps enseveli;
Et ta lèvre, à la plainte hélas! accoutumée,
Cédant au doux transport qui l'aura transformée,
Aura son cri d'amour, d'allégresse ou d'espoir!...
Toutes, en cet abri, vous pourrez chaque soir
Oublier vos douleurs en fermant vos paupières,
Sans craindre ce retour fatal du lendemain,
Qui n'offrait chaque fois à vos pleurs solitaires
Qu'un nouveau désespoir, un plus cruel chagrin,

Apporté dans la nuit par un mauvais génie :
Douleur toujours, douleur qui semblait infinie !
Près de votre chevet, votre œil, dès le matin,
Découvrira, caché sous la modeste bure,
Cet ange, de la foi sublime créature,
Plus souvent parmi nous appelée une sœur :
Vous souffrez, vous pleurez ; elle, toujours active,
S'efforce de guérir votre amère douleur ;
Vous vous plaignez, sa voix, à la votre attentive,
Toujours pour votre plainte a son mot consolant ;
Vous avez un désir, prompte à le satisfaire,
Vous la voyez vers vous accourir à l'instant.
Elle conduit vos pas au seuil du Sanctuaire,
Et quand vos cœurs ardents sont tournés vers le ciel,
Le priant d'éloigner un calice cruel,
Près de vous elle élève une même prière.
C'est elle qui procure à vos tremblantes mains
L'ouvrage qui remplit vos instants plus tranquilles ;
A votre nourriture elle donne ses soins,
Et près d'elle, vos jeux deviennent même utiles ;
Et quand le soir enfin vient adoucir vos maux,
Ramenant le sommeil, la paix et le silence,
C'est alors seulement qu'elle songe au repos,
Donnant son âme à Dieu, son cœur à la souffrance,
Prête à recommencer quand le matin viendra :
Pour vous elle a vécu, pour vous elle vivra !...

    O toi, Religion, seule tu sais produire
Ce parfait dévoûmeut, cette foi, vrai délire,
Par lequel l'héroïne, anticipant la mort,
N'a plus que pour les cieux désormais de transport,
D'un monde corrompu méprise les richesses,
Les fades voluptés et les vaines grandeurs ;

Acquiert cette pitié qui console les pleurs,
L'humilité qui va, prodiguant ses largesses,
A la faveur de l'ombre, et disparaît au jour !
C'est toi, Religion, qui, soufflant ton amour
Dans l'âme et dans le cœur d'une vierge timide,
Elevant son courage au niveau de sa foi,
Lui permit de fonder, en s'aidant de ta loi,
Cette œuvre, ce prodige, œuvre pourtant solide
D'une si faible main ! cet abri vénéré,
Où depuis tant de maux, presque sans espérance,
Sont venus demander la fin de leur souffrance,
Ou du moins un repos si longtemps ignoré !

Dis-nous, ô toi qui fus cette main bienfaisante,
Comment Dieu se servit de ton humble concours ;
Comment ta charité, jusqu'à la fin brûlante,
De celle du prochain appelant le secours,
L'attendrit, le gagna par sa douce vertu ;
Comment avec un rien, une aride poussière,
Tu parvins à pétrir un baume salutaire,
A donner un asile au malheur éperdu
Qui, tout émerveillé de sortir de sa fange,
N'a pas cessé depuis de chanter ta louange,
Faible retour du bien par tes soins répandu !

Et vous, ô pauvres délaissées,
Encouragez mon faible accent ;
Joignez à ce timide chant,
Vos voix hélas ! longtemps glacées !
Déjà vous l'invoquiez en vain
Ce monde pour vous trop sévère ;
Il n'avait pour vous que dédain,
Abandon, affreuse misère ;
Souffrir était votre destin !

Lorsque Dieu, touché de vos larmes,
Sous la figure d'un mortel,
Fit descendre un ange du ciel,
Pour vous protéger de ses armes.
Cet ange, au cœur compatissant,
Dont la ferme et vaillante égide
D'un mal sans cesse envahissant
Arrêta le débordement,
N'était autre qu'Adélaïde.

Heureuse mille fois la mère,
Qui balança dans son berceau,
Cet ange, fragile roseau
Qui devait croître sur la terre !
Heureuse, qui put recueillir
Sur sa lèvre, un premier murmure,
Sur son cœur, un premier soupir,
Premier élan d'une âme pure
A Dieu, l'objet de son désir !

Heureux père, dont la famille
Vit s'épanouir dans son sein
Cette fleur, éclose un matin,
Et dont l'éclat encor scintille !
Heureux frères qui, sous leurs yeux,
La virent grandir, puis répandre
Un parfum si délicieux,
Qu'il rendait leur âme plus tendre,
Plus sensible aux beautés des cieux !

Cultivez cette fleur suave,
Faites éclore ses vertus :
Vos soins ne seront pas perdus,

O mère!... La brûlante lave,
Que roule un flot dévastateur,
N'osant la ternir de sa bave,
Sous son ombrage protecteur
Déposera plus d'une épave,
Soupirant après la fraîcheur!

Poursuivez ce sublime rôle!...
Que l'insecte au souffle empesté,
Jaloux de toute pureté,
Soit repoussé de sa corolle!
Il s'irrite de découvrir
Un parfum qu'il ne peut comprendre ;
Tant de candeur le fait souffrir,
Et comme il ne peut y prétendre,
Son venin cherche à la flétrir !

Développez dans sa jeune âme,
Terrain propice à la bonté,
L'exquise sensibilité
Qui, plus tard, dévorante flamme
Se consumant pour le prochain,
Devra, vers l'infortune amère
Dirigeant son cœur et sa main,
Lui suggérer le beau dessein,
De soulager tant de misère !

Déjà l'aspect de la souffrance
L'émeut et la fait tressaillir ;
Que n'a-t-elle pour la guérir
Que des pleurs, que son impuissance !
Ah ! son cœur est loin de saisir
Celui du riche impitoyable,

Qui peut, sans pâlir, sans frémir,
Voir le haillon du misérable
S'affaisser, tomber et périr !

Aussi ce temps où, d'ordinaire,
L'enfant rieur n'a de raison
Que sa folie, et d'horizon
Que le visage de sa mère,
Fut pour elle un temps inconnu ;
Et quand une bande joyeuse
L'appelait au jeu convenu,
Elle songeait, triste, rêveuse,
Au mal qu'elle avait entrevu.

De ce mystérieux silence,
Recélant tant de profondeur,
Naquit peut-être une froideur
Dans les rapports de son enfance.
Cet âge ne veut que des ris,
La gravité le déconcerte ;
Or, comment aurait-il compris
Que l'humble fleur, à peine ouverte,
Cachât un trésor d'un tel prix ?

Mais laissons ses jeunes années ;
La plante, arbuste maintenant,
Peut s'exposer aux coups du vent,
Sans voir ses feuilles entraînées.
Elle est à cet âge enchanteur,
D'où l'on croit découvrir le monde,
Comme au désert le lac trompeur,
Sur lequel notre espoir se fonde :
De loin, Eden ; de près, douleur !

Que d'autres, s'ouvrant à la joie,
Vers ce mirage dangereux
Fixant des regards curieux,
Sans crainte en choisissent la voie !
A leurs fêtes, à leurs plaisirs,
Elle ne porte point envie ;
A l'infortune ses loisirs !
Peut-elle goûter une vie,
Où l'on n'entend que des soupirs ?

Le seul plaisir qu'elle partage
Provient des pleurs qu'elle tarit,
Des souffrances qu'elle guérit,
Et change par son doux langage
En élans pieux vers le ciel.
Elle est triste, si la journée
Finit son cours habituel,
Sans qu'elle ait épanché son miel
Sur les maux d'une infortunée !

S'unissant dans cette pensée
A des cœurs bons comme le sien,
Elle s'intrigue pour le bien,
Cherchant à l'âme délaissée
Un aide, un appui protecteur.
Son pas, connu de la souffrance,
La réveillant de sa torpeur,
L'avertit qu'à son lit s'avance
Mieux qu'un médecin, une sœur !

Découvre, touchante victime,
Sa face auguste à ton chevet,
Où, tandis que ton front rêvait,

Egaré dans un sombre abî.. ;
Et brisé par un mal rongeu.,
Elle épiait, mère attentive,
La marche de l'envahisseur,
Prête à calmer ta voix plaintive
Par un baume consolateur !

De là, toujours infatigable,
Chez les petits et les puissants
Elle gagnait à ses enfants,
Tout cœur pieux et charitable.
Comme elle savait exposer
Les souffrances de l'infortune !...
On laissait doucement glisser
L'aumône toujours opportune
Qu'on ne savait lui refuser...

Un jour, une convalescente
(L'hôpital, abri d'un moment,
L'allait rendre à l'isolement)
Songeait, de terreur frémissante,
Au lendemain qui l'attendait,
Sans pain, sans force et sans ressource,
Quel refuge l'abriterait ?...
Guérir, serait-il un bienfait,
La faim devant finir sa course ?

Alors, d'amertume oppressée,
Elle se retourne en pleurant
Vers l'ange au regard consolant,
Qui, tant de fois, de sa pensée
Avait calmé le désespoir.
Lui seul peut de son existence

Ecarter un tableau si noir ;
Oui, sans doute, il n'a qu'à vouloir,
Pour lui rendre un peu d'espérance !

A sa confiante prière
Deux malades joignent la leur :
« Il ne nous faut, pour le bonheur,
Qu'une chambre, un coin solitaire !... »
Un plan est bientôt arrêté :
La vierge à ses brebis nouvelles
Offre l'asile demandé,
Trois lits, trois chaises, trois écuelles :
Un hôpital était fondé !

Pourtant, au bout de sa souffrance,
L'une avoue avant de mourir
Que, devant le sombre avenir
Dénué de toute espérance,
Qui semblait marquer leurs instants,
Elle avait caché « sa fortune. »
Sa fortune était trois cents francs :
Tant d'or n'en était-il pas une
Pour ces malheureuses enfants ?

Cet or, dans une main habile,
Devenu manne du désert,
Met d'autres douleurs à couvert
Sous le toit d'un nouvel asile.
« Que nous importe l'avenir
« Tant qu'il existe une misère ?
« Dieu peut-il nous laisser périr ?...
« Il donnera le nécessaire
« A l'œuvre qu'il daigna bénir ! »

Ainsi disait Adélaïde,
Rejetant bien loin de son cœur,
Comme une offense au Créateur,
Toute prévoyance timide.
Plus tard, elle cueillait le fruit
De cette aveugle confiance ;
Et l'œuvre prospérait sans bruit,
Semblant extraire de la nuit
Un remède à chaque souffrance.

Mais qui pourra calmer la tienne ?
N'es-tu pas à l'abri des pleurs ?
Faut-il que l'ange des douleurs
Te rive à la commune chaîne
Et devant toi creuse un tombeau ?
Tu croyais partager ta vie
Entre ta mère et ton troupeau :
Ce rêve hélas ! était trop beau...
Et ta mère te fut ravie !

Mais laissons la douleur se plaindre
Et supplier avec transport,
En vain, l'inexorable mort :
Il en est qu'on ne saurait peindre !
Désormais seule en ce séjour,
C'est au sein des infortunées,
Pour elles redoublant d'amour,
Que, depuis ce néfaste jour,
Elle achèvera ses années ! (1)

____

(1) D'après un ouvrage de M. le docteur Perrin, qui m'a fourni la
plupart des détails que je donne, cette époque fut, en effet, décisive
dans sa vie.

Seule, non, car elle a des frères,
Dont l'un, talent original,
Demeuré depuis sans rival,
Hors des limites ordinaires
Elève cet art précieux
Que Gutenberg nous fit connaître,
Et voit, offert par ses neveux,
Son buste de marbre apparaître
Parmi les Lyonnais fameux.

L'autre, disciple d'Hippocrate,
Et de plus éminent auteur,
S'attaque au système menteur
D'une philosophie ingrate (1) :
Heureux par son double talent,
Qu'il consacre à l'œuvre naissante !
Par sa plume, la protégeant,
Par son art, cher à la souffrante
Dont il est le soulagement.

L'une ainsi prodiguait à l'âme
Ce que l'autre donnait au corps ;
Unissant tous deux leurs efforts
Et poussés par la même flamme,
Celle qui mène les grands cœurs
Au dessein qu'ils veulent atteindre.
Soumise à de tels directeurs,
L'œuvre, aussi, loin de se restreindre,
Par milliers soulage les pleurs :

Et bientôt, soulevant le voile
Dont son nid fut environné,

(1) Le matérialisme.

Elle montre à l'œil étonné
Un vaisseau déployant sa voile.
A vous, que ses premiers instants
Eurent pour unique défense,
Vous, d'ailleurs, de droits éclatants
Revêtus par votre naissance,
A vous de le guider aux vents !

Chacun désormais à l'asile
Offrant l'appui d'un léger don,
Voudra consoler l'abandon,
A l'œuvre devenir utile.
Commence, pieuse cité !
A ton exemple, et noble, et juste,
Que mille cœurs ont imité,
Un sang, une famille auguste (1),
Fait éclater sa charité.

La goutte d'eau devient fontaine :
La mansarde est cet hôpital,
Où l'humble sœur oppose au mal
Un zèle, une ardeur qui l'entraîne
Au mépris même du danger.
Le malheur (souvent l'innocence
Expiant un crime étranger),
Là, dans la paix et le silence,
Jouit d'un bien-être léger.

Et, s'il peut devenir utile
A l'œuvre qui l'a recueilli,
La même main qui l'a guéri

(1) La famille d'Orléans.

Lui donne un ouvrage facile,
Lui rendant, outre la santé,
Un peu de bonheur et d'aisance.
Ah ! qu'il bénit tant de bonté !
Quel sujet pour sa pauvreté,
D'amour et de reconnaissance !

Et comme il vous bénit sans cesse,
Vous qui, voyant son œil hagard,
Sur lui jetâtes un regard !
Et vous aussi, dont la sagesse,
Ame de vos desseins pieux,
Dirigea son abri fragile
Au sein d'un Océan houleux,
Lui ménageant dans cette ville
Un port sûr, des cœurs généreux !

Contemplez, âmes charitables,
Le résultat de vos bienfaits !
Vos cœurs seront-ils satisfaits
De voir les jeunes incurables,
A genoux aux pieds de l'autel,
Porter leurs prières ferventes
Jusqu'au trône de l'Eternel,
Et célébrer, reconnaissantes,
Celles qui leur ouvrent le ciel ?

Et vous, créature céleste,
Qu'un trépas si prématuré,
A votre bercail éploré
Enleva dans un jour funeste,
Vous marquant votre vrai séjour,
Près du Très-Haut, la foule d'anges
Dont vous avez orné sa cour

Chantent sans doute vos louanges,
Vous rendant amour pour amour !

Ne craignez point, troupeau timide !
Si parmi vous elle n'est plus,
Du ciel, où règnent les élus,
Vous recouvrant de son égide,
Elle veille à votre repos !
Pour fléchir la Toute-Puissance
Et l'intéresser à vos maux,
Elle n'a qu'a dire deux mots :
« Amour, pitié pour la souffrance ! »

Ces deux mots sont sa vie entière :
D'autres ont dépensé la leur
A la poursuite d'un bonheur,
Ou d'une gloire passagère :
Ils ont côtoyé la douleur
Et douté de son existence !
Sourds au bruit désapprobateur
Qu'éveillait au fond de leur cœur
Cette incroyable insouciance.

Quel sera, grand Dieu, leur déboire !
Qu'ils seront confus devant toi
D'avoir sacrifié ta loi
Au plaisir, à la vaine gloire !
Lorsqu'ils verront les bienheureux
A l'humble vierge de l'asile
Chanter en chœur mélodieux :
« Sa vie aux pauvres fut utile ;
« Sa récompense en est aux cieux ! »

Lyon. — Imp. Alf. Louis Perrin & Marinet. — 1875.

9 782019 683627